FRANÇOIS DAVID

EDGAR N'AIME PAS LES ÉPINARDS

ET AUTRES CONTES DE FRUITS ET LÉGUMES

RAGEOT-ÉDITEUR

Couverture : Anne Bozellec
ISBN 2-7002-2306-3
ISSN 1142-8252

SOMMAIRE

◆

SYLVIANE ALLOY
pour les illustrations

Pour Gisèle qui adore les légumes
et
Liliane qui a horreur des pommes

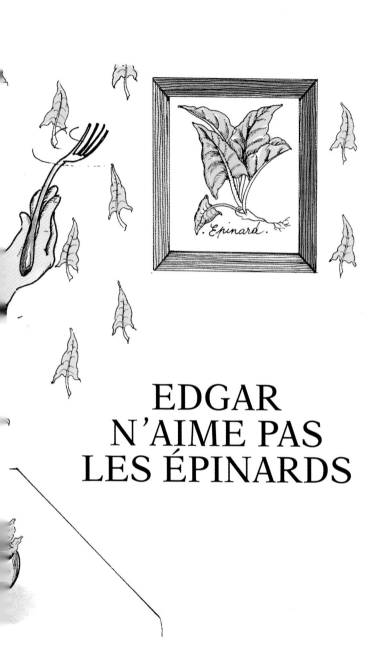

EDGAR
N'AIME PAS
LES ÉPINARDS

Il était une fois un petit garçon qui refusait de manger des épinards. Un jour, ses parents le mirent en garde :

– Si tu ne manges pas d'épinards, tu ne pourras jamais devenir footballeur.

– Je voudrais bien essayer, répondit Edgar qui réagissait dès qu'il était question de football. J'adorerais goûter aux épinards…

– Eh bien ! Dans ce cas, ce n'est pas difficile. Fais-le !

– Oui, dit Edgar. Seulement je sens que je n'aimerais pas ça.

– Pourquoi ? demanda son père. Moi, j'en mange bien. Regarde. Hum ! C'est bon ! Tu ne crois pas ?

– Si, dit Edgar qui sentait par

avance dans sa bouche le goût du maudit légume.

– Et j'en reprends. C'est délicieux, tu ne vas pas dire le contraire ?

– Probablement, dit Edgar, de plus en plus convaincu de détester les épinards.

– Alors ? lui demanda son père. Pourquoi ne te sers-tu pas ?

– Parce que tu as tout fini, papa. Il n'en reste plus dans le plat.

– Oh ! Ce gosse ! Ce gosse ! dit son père. Il y a des fois...

– Ah ! C'est bien vrai, renchérit sa mère. Il y a des fois...

Edgar baissa la tête et n'avala rien du repas.

La semaine suivante, de nouveau, la mère d'Edgar lui annonça :

– Regarde ce que je t'ai préparé :

des épinards ! J'espère que tu vas faire honneur à mon plat. Cette fois, ce sont des épinards en branches.

– Ben... bredouilla Edgar.

– Mais c'est important dans la vie, les épinards ! Tu as bien vu Popeye !

– Ooooh... bégaya Edgar, et il courut dans sa chambre, des larmes plein les yeux.

– Tu sais, confia le père à son épouse, ce garçon devient trop sensible. À son âge, il devrait déjà être endurci. Pour cela, il faudrait qu'il mange des aliments avec du fer...

– Par exemple, des épinards.

– Par exemple, oui. Exactement ! répondit le père en hochant la tête.

Plus le temps passait, plus Edgar se sentait écrasé par les discussions sur les épinards.

Il était mal à l'aise : comme si ces kilos d'épinards qu'il n'avait pas mangés lui restaient sur l'estomac. Il avait mauvaise mine et devenait vert. Tout vert.

– Ce que j'aimerais être un Martien ! murmura Edgar un matin.

– Qu'est-ce que tu dis ? interrogea son père.

– Un Martien, ou un Jupitérien, ou un Vénusien, ou un Mercurien, n'importe quoi pourvu que je n'habite pas sur une planète où pousse cet affreux légume.

– Mais qu'est-ce que tu racontes ?

– Rien, papa, je pensais à voix haute.

– Thérèse, cet enfant divague. Non seulement il devient vert, mais en plus il devient fou. Vite, il faut l'amener à l'hôpital. Il va finir par être gravement malade à force de ne pas manger d'épinards.

Les parents d'Edgar prirent leur fils par la main, ils l'installèrent dans la voiture et ils foncèrent au service des urgences.

– Je vois ce que c'est, dit le médecin en observant le teint verdâtre d'Edgar. Il ne sera peut-être pas nécessaire de l'opérer.

– C'est très grave ? demanda le père.

– Il ne sera peut-être pas nécessaire de lui faire une prise de sang, continua le médecin en examinant le fond de l'œil d'Edgar.

– Il va guérir ? questionna la mère.

– Il ne sera peut-être pas nécessaire de lui prendre sa température,

ajouta le médecin en arrachant sou-
dain un cheveu noir de la tête verte
d'Edgar qui n'eut même pas le
temps de dire « ouille ! ».

– Mais il ne peut pas rester dans
cet état.

– Calmez-vous, dit le médecin.
C'est une allergie spectaculaire, mais
il y a un traitement. Très efficace.
Qui guérira votre enfant ! À condi-

tion de le respecter scrupuleuse-
ment.

– N'importe quoi, dirent les parents, pourvu qu'il ne garde pas cette
tête-là.

– Voici mon ordonnance, fit le
médecin. Edgar devra absolument
adopter un régime très très très
strict et très très très difficile à suivre
car il va être obligé de se passer d'un
aliment essentiel. À partir d'au-
jourd'hui, il aura le droit de manger
de tout, de tout, d'absolument tout,
SAUF des épinards. Pas le droit de
les regarder non plus. Pas le droit de
les sentir. C'est une maladie peut-
être étrange mais dans son cas les
épinards sont totalement contre-
indiqués. Pour que votre enfant
puisse grandir (vous voulez bien qu'il
grandisse, n'est-ce pas ? demanda le
médecin en regardant les parents
dans les yeux), les épinards sont
IN-TER-DITS. Jusqu'à nouvel ordre.
Un petit soupçon d'épinards hachés

une fois par trimestre si vraiment il en a envie et qu'il ne peut plus s'en passer, mais c'est tout, vous avez bien entendu ?

– Euh... oui, docteur, répondirent le père et la mère.

– De la viande rouge, des navets mauves, des pommes de terre jaunes, des yaourts roses, tout ce que vous voulez, mais...

– Mais pas d'épinards.

– C'est cela, madame, je vois que vous m'avez compris. Et ne vous faites plus de souci ! Il va retrouver des couleurs, votre enfant.

En effet, dès le repas du soir, Edgar avait déjà beaucoup moins mauvaise mine.

– Ça va mieux ? demanda sa mère.

– Oui, dit Edgar. Mais maman, quand je serai guéri, est-ce que je pourrai quand même en manger ?

– De quoi ?

– Eh bien, des épinards ! Maintenant qu'on n'en parle plus, je sens qu'ils commencent à me manquer.

L'ANANAS
AUX CHEVEUX
JAUNES

Il était une fois un jeune ananas qui ne ressemblait pas aux autres. Il portait des cheveux jaunes et non pas des cheveux verts comme les ananas ordinaires.

– Tu n'as pas honte ? lui demandèrent un jour ses compagnons.

– Honte de quoi ? C'est très joli, le jaune. Et puis, avec mes cheveux jaunes, on me reconnaît facilement.

– En effet, ricana un ananas, ce serait difficile de te confondre. Chaque fois qu'on dit vert, tu dis… jaune.

Tous éclatèrent de rire.

– J'ai mes opinions, fit remarquer le jeune ananas.

– Et pourquoi portes-tu plus d'écailles que nous ? cria un autre.

– C'est le soleil. Là où je suis

placé, les rayons m'atteignent le pre-
mier.

– Tu veux dire que tu te penches,
oui, précisa un ananas.

– C'est vrai, avec sa gymnastique,
il me prend tout mon soleil, ajouta
son voisin. À cause de cela, je n'ai
que cent deux écailles et lui cent six !
Voleur de soleil !

– Voleur de soleil ! Voleur de soleil ! hurlèrent les autres en chœur.

Tous se lancèrent alors sur le jeune
ananas. Ils le cognèrent de toutes
leurs forces. Mais au moment où le
jeune ananas allait perdre connaissance, un cri terrible retentit : le cri
des singes dévoreurs. Ils adoraient le
goût des ananas et venaient dans ce

pays une fois par an faire leurs provisions. Cette année, ils arrivaient vraiment au bon moment : les ananas étaient rassemblés, tout prêts à être avalés. Plusieurs singes avaient déjà saisi les fruits et même ouvert la gueule quand le chef prit la parole :

– Attendez ! Qu'est-ce que c'est que cet ananas aux cheveux jaunes ? Je n'en ai encore jamais vu de semblable. Il doit y avoir une maladie ici. Il ne faut surtout pas y toucher.

– Juste un petit bout, chef, supplia un singe. Un tout petit bout, rien que pour goûter. Si ce n'est pas bon, on le recrache.

– Non ! Ces ananas ont la jaunisse, décréta le chef. On s'en va.

Et les terribles singes s'éloignèrent, cette année-là, sans avoir rien avalé.

– Nous sommes sauvés ! Hourra ! crièrent les ananas.

Mais l'un d'eux fit remarquer :

– L'année prochaine, les singes dévoreurs reviendront.

– Oui, ils reviendront !

– Et ils nous dévoreront !

– Oui, les dévoreurs nous dévoreront !

– Attendez ! suggéra un ananas. Il suffit de nous faire teindre les cheveux. Les singes croiront encore que nous sommes malades. Et ils ne nous dévoreront pas !

– Ils ne nous dévoreront pas ! approuvèrent les ananas.

Et ils se précipitèrent chez le coiffeur.

– Je n'ai plus que de la teinture rouge, s'excusa le coiffeur.

– Parfait ! dirent les ananas, les singes penseront que nous avons la rougeole.

Depuis, dans le pays, tous les ananas portent les cheveux rouges. Tous sauf le jeune ananas qui a gardé ses cheveux jaunes. Mais personne ne lui a plus jamais fait de réflexion.

LES Z'HARICOTS

Il était une fois z'une maîtresse qui faisait très très z'a, très très z'attention à ce que ses z'élèves ne disent jamais des z'a, des z'a, des z'haricots.

– C'est horrible ! Je ne veux pas entendre de z'haricots ! Sous aucun prétexte, c'est bien compris ? Il y a un « h » à haricot, il n'est pas fait pour des prunes ce « h », il est fait pour des haricots. Cela permet de respirer. On a envie de dire le « z », le « z'a ». Eh bien non ! On respire et on dit...

– Madame, Zazie z'a pris ma règle.

– Mais non : il n'y a pas de « z » à la fin de Zazie. Il faut dire : « Zazie m'a pris... » Il faut dire des

« hhhhhhhharicots ». Vous me faites perdre la tête.

– Maîtresse, demanda Zébulon, est-ce que je peux le dire ?

– Fayot ! cria Zoé.

– Silence ! fit la maîtresse. Dire quoi, Zébulon ?

– Mais comme vous venez de dire, là, pour les z'haricots.

– Voilà, tu l'as dit, mais justement tu l'as mal dit. Oh ! Ce n'est pas possible ! Mais qu'est-ce que vous allez faire dans la vie, mes pauvres enfants, si vous n'êtes pas capables de dire correctement des « hhhhha-ricots » ?

Voyant que la maîtresse se faisait du souci pour eux, Zita suggéra :

– On essaiera de manger autre chose, maîtresse : des z'artichauts, des z'asperges, des z'abricots, des z'ananas, mais pas de ça.

– Pas de quoi ? demanda la maîtresse.

– Pas de ça... ça... ça, vous savez bien : ce qui est vert et qui vous met si z'en colère, maîtresse.

LA TROUILLE
DE LA
CITROUILLE

Il était une fois une citrouille qui devait aller au bal pour la première fois de sa vie. Mais au moment où elle s'apprêtait à partir, ses parents la mirent en garde :

– Attention ! Tu dois rentrer avant minuit. Sinon, plus de sorties.

– Promis ! répondit la citrouille.

En cours de route, elle rencontra une jeune fille, accompagnée par une drôle de fée qui la menait à la baguette magique. La fée s'agitait beaucoup et criait :

– Cendrillon, Cendrillon, voici la robe brodée d'or et d'argent que je te donne pour aller danser.

La citrouille, curieuse, s'approcha pour regarder, mais elle entendit la fée ajouter aussitôt, en la désignant de sa terrible baguette :

– Citrouille, citrouille, je te transforme en carrosse.

La pauvre citrouille n'eut pas le temps de réagir.

Au lieu de se rendre à la fête, elle se trouva enfermée dans le bois d'un carrosse. Elle avait beau crier, elle avait beau tenter de se délivrer, rien à faire ! Elle était bel et bien prisonnière à cause de cette Cendrillon et de la fée.

Elle resta coincée ainsi durant des heures. Grâce aux coups de l'horloge, elle se rendait compte du temps qui passait : dix coups, onze coups...

« Hou là là là ! se disait la citrouille, il faut que je sorte d'ici. » Mais quand les douze coups de minuit commencèrent à retentir, elle était encore prisonnière : au douzième, très exactement, elle fut délivrée. Le carrosse disparut et elle redevint une citrouille, une citrouille bien malheureuse de n'avoir pas tenu sa promesse.

– Nous t'avions prévenue, dirent ses parents. Permission de minuit, mais pas plus. Tant pis pour toi, tu ne sortiras plus.

La citrouille fut ainsi punie pendant des mois et des mois. Et puis, un jour, ses parents rentrèrent à la maison très joyeux.

– Ma chérie, lui dirent-ils, tu connais la nouvelle ?

– Je vais avoir un petit frère, un gentil citrouillon ? demanda la citrouille.

– Non, mais c'est aussi merveilleux. Devine !

– Je donne ma langue au chat, dit la citrouille.

– Notre prince se marie ! Et tu sais avec qui ?

– Avec moi ? suggéra timidement la citrouille.

– Avec toi ! Mais pour qui te
prends-tu ? Les princes épousent
parfois des pauvresses, mais jamais
des citrouilles. Le prince a demandé
la main de la jeune fille aux jolis
doigts de pied, ceux qui se sont glis-
sés dans la pantoufle de verre.

– Je ne comprends rien à ce que
vous dites, avoua la citrouille. Je ne
suis plus sortie depuis si longtemps !

– Ma pauvre chérie, tu as raison.

Nous levons la punition. Tout le monde doit être heureux pour le mariage du prince et de Cendrillon.

– Qui se marie, avez-vous dit ?

– Cendrillon ! C'est elle qui épouse le prince. Fais-toi belle en son honneur. Nous t'emmenons.

– Hou là là là là ! s'écria la citrouille en tremblant, c'est Cendrillon qui se marie ! Est-ce qu'elle aura un carrosse pour son mariage ?

– Un carrosse doré, bien sûr ! Allez ! Dépêche-toi donc !

– Un petit instant, dit la citrouille. Vous ne pouvez pas comprendre, mais j'ai la trouille. J'aime mieux rester à la maison.

LA DATTE
FIXE

Il était une fois un dattier qui donnait beaucoup de dattes. Il en avait tant et elles étaient si lourdes qu'il finit par se courber, la tête tout près du sol.

Le dattier, que les rayons du soleil n'atteignaient plus, se mit à produire moins de dattes. De moins en moins. Et finalement, il ne porta plus qu'une seule datte.

L'arbre, auparavant si élancé, faisait presque pitié. On ne le reconnaissait pas avec cette datte unique. On voulut la lui arracher. Mais la datte ne se laissa pas cueillir si facilement. Les uns après les autres, les habitants du village essayèrent en vain de la détacher. Mais ils avaient beau tirer de plus en plus fort, la tige tenait toujours... et la datte aussi.

Alors, il fut décidé d'abattre l'arbre. Une fois à terre, le fruit cèderait facilement. Les hommes s'armèrent donc de haches et, en cadence, ils frappèrent le dattier. On voyait de profondes entailles sur son tronc et chacun s'attendait à le voir s'écrouler. Mais l'écorce se reconstituait au fur et à mesure. On aurait dit que ses blessures cicatrisaient. Malgré deux heures d'acharnement, l'arbre courbé était encore debout.

– Après tout, dit le chef du village, il ne gêne pas, ce dattier. Il peut rester ici s'il ne veut pas tomber.

À partir de ce jour, on laissa l'arbre en paix.

C'était presque devenu un ami auquel on allait rendre visite chaque matin. Des villages environnants et même des villes, on venait maintenant en car, en voiture ou à dos de chameau pour admirer le phénomène.

Et puis, un an très exactement après la décision du chef de village, un groupe avec un enfant malade vint faire une excursion. L'enfant était très maigre. Il refusait de se nourrir. Ses parents l'avaient amené là pour le distraire, mais on aurait dit qu'il n'avait le cœur à rien.

Pourtant dès qu'il vit l'arbre, il déclara :

– La datte... La datte perdue dans le palmier. Qu'elle est belle ! Si je pouvais la goûter !

Ses parents furent transportés de joie d'entendre leur fils désirer un aliment. Mais en même temps, ils étaient désespérés : pour une fois qu'il avait envie de quelque chose, ils ne pouvaient justement pas lui donner.

– Nous ne savions pas que tu voulais des dattes, dirent-ils. Nous allons t'en trouver. Dans ce pays, ce n'est pas ce qui manque !

– C'est celle-ci que je veux, insista l'enfant.

Très doucement, il tendit la main en direction de l'arbre courbé et cueillit la datte qui céda immédiatement. Il la porta à ses lèvres.

41

– Comme elle est bonne ! dit-il.

Il mangea la datte, mais lorsqu'il eut fini de la déguster, elle se reconstitua dans sa main. La même datte. Il la mangea encore et encore.

Depuis, le dattier n'a plus jamais porté de fruit. Mais personne ne l'a coupé. On vient du bout du monde pour le voir. Si vous passez par là, vous n'aurez pas de mal à le reconnaître : c'est le seul dattier courbé.

NOM D'UN CONCOMBRE !

Il était une fois un concombre qui n'aimait pas s'appeler de cette manière. Il aurait préféré s'appeler tomate ou céleri. Mais concombre... Il savait ce que les gens disaient : « C'est cucul de s'appeler concombre ! »

Fatigué des torts que son nom lui causait, le concombre déposa à la mairie une demande de modification. Il ne souhaitait plus être concombre, voilà tout. Seulement, on ne change pas si facilement de nom. Il faut en proposer un autre. Mais lequel ? Lézard ? Fenouil ? Poireau ? Non, il en voulait un rien que pour lui.

Le concombre se mit alors à inventer des noms nouveaux : flandimoure, rak, bellondanse... Mais le résultat n'était pas encore parfait. Il fallait un nom différent de concombre, mais pas trop. Qu'on le reconnaisse malgré tout : cocobre peut-être, ou coucoubre, ou cancambre, ou quinquimbre : « Vous aimez le quinquimbre, madame ? C'est si bon à la vinaigrette ! »

Le concombre hésitait encore sur son nouveau nom lorsqu'il fit la connaissance d'une courgette. Il la trouva très belle. Elle ressemblait un peu aux concombres, mais elle était moins grande et la couleur de sa peau était plus jolie. Il adorait être en sa compagnie. La courgette, de son côté, semblait sensible à ses charmes.

Un jour, le concombre osa demander sa bien-aimée en mariage. La courgette ne répondit pas immédiatement. Elle paraissait embarrassée.

Le concombre pensa d'abord qu'elle préférait se marier avec un légume de son espèce à elle. Mais petit à petit, il fut assailli par un terrible doute. Il se demanda si la courgette n'hésitait pas à l'épouser par peur de devenir « madame Concombre ». N'en pouvant plus, il lui avoua brusquement qu'il était décidé à changer de nom et qu'il avait même déposé une demande écrite à la mairie.

– Quelle drôle d'idée ! lui répondit la courgette avec colère. J'ai tardé un peu, c'est vrai, à vous répondre. Il me fallait le temps de convaincre ma famille. Mais j'étais toute prête à porter votre nom, d'autant que je le trouve si beau ! Quand je pense que vous avez voulu l'abandonner ! Eh bien ! moi, je n'aime pas les lâches. Et nom de nom, je vous dis non !

Dès lors, elle refusa de revoir le concombre qui ne s'en consola jamais et demeura célibataire. D'après ce qu'on dit, elle vécut très heureuse avec un cornichon.

ESPÈCE
DE
CORNICHON !

Il était une fois un petit garçon qui ne faisait pas plus de bêtises que tous les autres petits garçons. Mais chaque fois qu'il en faisait une, son père lui disait : « Espèce de corni-chon ! »

Jules n'aimait pas que son père lui parle de cette façon. Ce n'était pas à cause des cornichons, même s'ils lui piquaient la langue chaque fois qu'il y goûtait. Non : c'était à cause du ton que son père prenait pour dire « Espèce de cornichon ! ». Comme s'il avait voulu se moquer de lui.

Pour en avoir le cœur net, dès qu'ils étaient à table, Jules deman-dait :

– Papa, est-ce que tu veux du sel ?

Et son père faisait signe que oui.

– Papa, est-ce que tu veux du poivre ?

Et son père faisait signe que oui.

– Papa, est-ce que tu veux de la moutarde ?

Et son père faisait signe que oui.

– Papa, est-ce que tu veux des cornichons ?

Et son père faisait signe que non.

Chaque fois que Jules demandait à son père s'il voulait des cornichons, il lui répondait non. Aussi Jules était-il sûr que son père n'aimait pas les cornichons. Et quand il avait fait une bêtise et que son père lui disait « Espèce de cornichon ! », il pensait que son père ne l'aimait pas plus que les cornichons.

« Papa n'aime pas les cornichons, papa n'aime pas son petit garçon. »

se répétait Jules comme une triste chanson. Et il en perdait l'appétit.

Son père, lui, ne perdait nullement l'appétit. Il mangeait de tout : du jambon et du saucisson, du thon, du mouton, du caneton et du bœuf mi-roton.

Pour lui faire plaisir, le jour de son anniversaire, la mère de Jules pré-para un vrai gueuleton, avec de l'es-padon et du bison.

– C'est très bon ! déclara son père. Mais quel dommage, vraiment, qu'il n'y ait pas de cornichons ! Un gueu-leton sans cornichons, c'est comme un match de football sans ballon. Et puis tu sais combien j'adore ça, moi, les cornichons !

Jules n'en croyait pas ses oreilles. Ce fut plus fort que lui, il dit à son père :

– Mais papa, je pensais que tu avais horreur des cornichons ! Tu n'en veux jamais !

– C'est parce que les cornichons ne vont pas avec tous les plats. Mais

j'en raffole, moi, au contraire. Je ferais n'importe quoi pour manger des cornichons. Tu ne le savais pas ?

– Non, papa. J'ai peut-être été courge. Je me prenais pour le dernier des navets…

– Parce que je t'appelais gentiment cornichon ? Oh ! Espèce de … espèce de… espèce de salsifis !

COMME
UNE TOMATE

Il était une fois un petit garçon très gentil, mais très timide. Chaque fois qu'on lui adressait la parole, c'était plus fort que lui, il devenait rouge, mais rouge ! Exactement comme une tomate.

Et il n'en fallait pas beaucoup pour le faire rougir. Si on lui demandait : « D'où viens-tu ? » ou « Quelle heure est-il ? » ou « Veux-tu du jus d'orange ? », il rougissait immédiatement. Dès qu'il y avait des gens qu'il ne connaissait pas, surtout des grandes personnes, il rougissait. Même avec ses copains, il lui arrivait d'avoir les joues toutes rouges. « Thomas est une toma-te ! Thomas est une toma-te ! » scandaient-ils aussitôt en chœur et Thomas rougissait encore plus.

À l'école, il avait l'impression d'être poursuivi par les questions :

– Thomas, rappelle-nous le surnom des Indiens.

Thomas ne répondait pas.

– Thomas, quelle est la couleur du petit Chaperon qui va chez sa grand-mère ?

Thomas ne répondait pas.

– Thomas, décris-nous les tuiles, les briques. Thomas, de quoi se nourrissent les vampires ?

Thomas ne répondait pas. Thomas ne répondait plus rien et les autres élèves riaient de plus en plus fort chaque fois qu'il allait au tableau.

À la fin de l'année, Thomas faillit redoubler. Et pendant les deux mois de vacances, il dut travailler chaque jour, même le dimanche. Heureusement il y avait un jardin dans la maison de location, avec des légumes aux couleurs si vives qu'il avait envie de les manger tout crus.

Les tomates surtout étaient d'un rouge éclatant, toutes, sauf une. Thomas avait remarqué, en effet, une petite tomate pâlotte perdue parmi les autres si colorées. Il l'avait bien repérée et chaque jour, il s'approchait d'elle. Mais plus il approchait, plus elle devenait pâle. Finalement, il dut se rendre à l'évidence : la tomate pâlissait à sa vue. Comme si sa présence la troublait au point de lui faire perdre ses couleurs.

Thomas fut touché par cette tomate à qui il faisait une telle impression. Et un matin, il lui parla, oh ! tout doucement, pour ne pas la faire pâlir encore davantage. Il lui dit qu'il ne lui voulait aucun mal. Que lui aussi avait souvent peur. Il lui avoua même qu'il rougissait tout le temps et devant tout le monde.

– Pourquoi tu rougis ? demanda la petite tomate. Il n'y a pas de raison.

– Pourquoi tu pâlis ? demanda Thomas. Il n'y a pas de raison.

– Mais je ne suis plus pâle, fit remarquer la petite tomate. Regarde !

En effet, depuis que Thomas lui parlait de cette manière, la petite tomate avait retrouvé des couleurs.

– C'est grâce à toi. J'ai confiance à présent. Je t'aime beaucoup beaucoup, je crois. Mais pourquoi tu deviens tout rouge ?

– Je ne sais pas, dit Thomas en rougissant de plus en plus, ça me reprend.

– Attends ! Place-moi contre ta joue, proposa la petite tomate. Ta peau est lisse et douce comme celle des poivrons. Maintenant, donne-moi de ton rouge. C'est que j'ai besoin de rougir encore, moi !

Et le rouge passa du visage de Thomas à la peau de la petite tomate.

– Là, tu m'en as passé trop. Je t'en redonne.

Chaque jour, la petite tomate et Thomas s'amusèrent ainsi à s'échanger leurs couleurs.

Puis vint la fin des vacances. Quand il lui annonça son départ, la petite tomate devint pâle comme jamais.

– Donne-moi plein de rouge, dit-elle. Je vais en avoir besoin.

Thomas retourna dans sa ville. Il rougissait encore assez souvent. Mais dans ces moments-là, désormais, il arrondissait sa main, comme s'il tenait quelque chose qu'il plaçait contre sa joue, tout près de son oreille. Et il entendait la petite tomate qui lui disait doucement : « C'est pour moi que tu rougis,

Thomas ? Comme tu es gentil ! Tu veux me redonner des couleurs. » Et le rouge quittait alors si vite ses joues que personne ne s'apercevait de rien.

UN CŒUR
D'ARTICHAUT

Il était une fois un artichaut qui tombait souvent amoureux. Et chaque fois, il tenait à faire des cadeaux à sa belle. Comme il n'avait pas de portefeuille, mais de très jolies feuilles, il se les arrachait pour lui offrir. Il choisissait les plus colorées et disait : « Je t'aime… Pas qu'un peu… Beaucoup … Passionnément… À la folie… » Mais quand la belle répondait « Pas du tout » et le quittait pour un autre artichaut, il se retrouvait triste et dégarni.

Car à force d'être amoureux, l'artichaut avait perdu beaucoup de feuilles. Il était désormais exposé au vent, à la tempête, au soleil, à la neige, à la pluie. Il n'avait même plus ses cheveux soyeux et foisonnants. Il les avait offerts à une jolie plante qui s'en était débarrassée rapidement. Et il était devenu chauve.

Or l'artichaut vint à rencontrer une douce artichaute aux feuilles bleutées. Il l'aimait tellement, tellement, tellement plus que celles qu'il avait connues auparavant qu'il lui aurait donné toutes les feuilles du monde s'il avait pu. Mais voilà : il n'en avait plus.

« Je n'ai rien d'autre que mon cœur, dit l'artichaut à sa bien-aimée. Ce n'est pas un riche présent. Mais si tu en veux bien, je te le donne. Il est à toi. »

L'artichaute en fut émue. Elle aussi avait le cœur tendre. Elle s'approcha très doucement de l'artichaut et ses feuilles les enveloppèrent tous les deux.

LA POMME
DE TERRE ET
LA POMME
DE L'AIR

Il était une fois une pomme de terre qui vivait sous la terre et une pomme de l'air qui vivait en plein air, sur sa branche. Elles étaient toutes deux blondes, se nommaient toutes deux Pomme, mais elles ne s'étaient encore jamais rencontrées.

La pomme de l'air décida donc un jour de descendre sous la terre rendre visite à sa cousine éloignée. Mais chez la pomme de terre, il faisait noir. La pomme, habituée à la lumière et au grand air, se sentait mal. Elle étouffait. Elle essaya de parler, mais elle se mit à tousser. Très vite, elle remonta à la surface. La pomme de terre en fut profondément vexée. Elle trouvait que sa cousine aurait pu faire un effort : quand

on voyage, on doit savoir s'adapter.
« Moi, se dit-elle, quand j'irai chez
elle, je lui montrerai comment il faut
se conduire. »

Ainsi, la semaine suivante, quand
la pomme de terre sortit de son re-
paire, ce fut avec les meilleures in-
tentions. D'en bas, elle parla à la
pomme de l'air et lui dit toute la joie
qu'elle avait de venir lui rendre visite.

– Grimpe vite ! dit la pomme de
l'air. D'ici, la vue est superbe.

Mais à peine parvenue sur les
branches, la pomme de terre fut sai-
sie de vertiges. Elle se sentait si mal
à l'aise qu'elle ne pouvait rien admirer. Elle faillit tomber à plusieurs re-
prises. Aussi s'en retourna-t-elle sans
avoir pu converser beaucoup plus
que la fois précédente. Et les deux
cousines, à nouveau, ne pensèrent
plus l'une à l'autre que de loin.

Puis vint le temps des récoltes. On
cueillit la pomme de l'air, on ra-
massa la pomme de terre et toutes

deux se trouvèrent enfin réunies : à la cuisine. Comme elles furent heureuses alors de se découvrir à loisir ! La pomme de l'air écouta la pomme de terre lui décrire son existence souterraine. Et la pomme de terre, bien calée dans le garde-manger, adora entendre sa cousine lui raconter sa vie sur les hauteurs.

La soirée aussi fut excellente. Les propriétaires de la maison étaient sortis et elles avaient la cuisine pour elles toutes seules. Alors elles décidèrent de se déguiser. Ce que la pomme était « trognon » avec sa robe en chicorée assortie à sa perruque verte en persil ! La pomme de terre, emmitouflée dans une peau de betterave rouge, n'était pas mal non plus, chaussée de champignons dorés. Lorsque les propriétaires rentrèrent, la pomme de terre en robe de chambre et la pomme de l'air en robe du soir étaient toujours en train de faire la fête. Elles eurent juste le temps d'ôter leurs déguisements.

Dès qu'elles furent de nouveau seules dans le noir, la pomme de l'air dit à sa cousine :

– Tu sais ce qu'ils ont prévu ? Demain, tu dois finir en salade de pommes de terre et moi, en salade de fruits. Toi pour l'entrée, moi pour le dessert : ils veulent encore nous séparer. Mais voici ce que je te propose : la fenêtre est entrouverte, nous pouvons nous faufiler. Pendant quelques jours, nous nous cacherons sous la terre. Tu me donneras ton secret contre la peur du noir. Et moi, plus tard, quand nous serons sauvées, je t'apprendrai à ne plus avoir le mal de l'air.

– Partons vite ! dit la pomme de terre.

Depuis ce jour, certains prétendent qu'ils ont ramassé dans le sol des pommes bien rondes et aperçu aux branches des pommes de terre…

LA VENGEANCE
DE LA BANANE

Il était une fois une banane qui vivait très heureuse dans une coupe en cristal auprès de voisins charmants : des noix de coco, des kiwis, des litchis et d'autres fruits plus ordinaires.

Ils habitaient tous chez monsieur et madame du Doilevé, un couple tellement bien élevé qu'il n'avalait jamais un fruit sans faire une gentille réflexion :

— Oh ! Ce raisin, mon cher ! Quel délice ! Tant pis si je grossis, je prends encore un grain.

— Et cette pêche, ma chère, elle a une chair !

Monsieur et madame du Doilevé avaient une façon très élégante de déguster les fruits : ils les pelaient du bout de leur couteau, les tenaient du bout de leur fourchette et les goûtaient du bout de leurs dents ! Même avec les oranges ou les pamplemousses, ils ne faisaient jamais gicler le jus et ne se salissaient ni les mains ni le menton. Ah ! Quel plaisir pour un fruit d'être mangé par monsieur ou madame du Doilevé !

Tout se passait donc le mieux du monde. Mais un après-midi, Bertrand invita Bébert. Bertrand était le fils de monsieur et madame du Doilevé. Il ne possédait pas l'éducation exquise de ses parents, mais la banane n'avait encore jamais rien eu à lui reprocher. Aussi, quand Bébert vint rendre visite à son ami, la banane eut l'impression de ne plus du tout le reconnaître. Les deux garçons employaient de ces mots... C'était horrible ! Si la banane avait eu des oreilles, elle aurait aimé se les boucher ! Car ils se servaient d'elle pour s'insulter :

– Tais-toi, banane ! disait Bébert.

– Banane toi-même ! répondait Bertrand.

Au début, en entendant son nom, la banane avait cru qu'ils voulaient lui parler. Cela l'avait même flattée. Mais ensuite, quand elle les entendit crier : « Va donc ! Vieille banane ! » ou : « La ferme ! Banane pourrie ! », elle n'eut malheureusement plus de doute. Et lorsque Bébert déclara : « Écrase-toi, sale banane, ou je te transforme en beignet frit », elle décida d'intervenir. Elle imita la voix de Bertrand et hurla :

– Espèce de pruneau mal cuit !

– Qu'est-ce que tu as dit ? Répète ! gronda Bébert.

Mais la banane, imitant cette fois sa voix, cria :

– Cerise aplatie ! Chair à clafoutis !

– Pourquoi me traites-tu de pruneau ? demanda Bébert.

– Et toi, de cerise aplatie ? demanda Bertrand.

Les deux garçons commencèrent alors à s'arracher le nez, à se pincer le menton et à se tordre les oreilles devant la banane réjouie. Mais au bout d'un moment, Bertrand annonça :

– Pouce ! On fait une pause.

Il tendit la main vers la coupe et se saisit de la banane. Il la pela, la coupa en deux et en donna la moitié à son ami. Mais juste après ce goûter, il se précipita à nouveau sur Bébert. Seulement, sans faire attention, il avait laissé tomber la peau de la banane. Il exécuta un joli saut périlleux et se retrouva les quatre fers en l'air sur le parquet luisant qui sentait encore l'encaustique.

– Tu fais l'avion ! constata Bébert en riant.

Mais à son tour, Bébert glissa sur la peau de banane. En essayant de se retenir, il renversa la coupe de fruits et atterrit sur son derrière.

À ce moment précis, madame du Doilevé pénétra dans la pièce.

– Qu'est-ce que c'est que ce désastre ? cria-t-elle en furie. Vous allez me ranger cela immédiatement. Et toi, Bertrand, tu seras puni.

Tout en nettoyant et en ramassant les morceaux de la coupe de cristal, Bertrand grogna entre ses dents :

– Quand même ! Glisser sur cette peau ! Je n'ai vraiment pas de pot !

– Pauvre banane ! répondit Bébert.

AÏE AIL AÏE !

Il y a des légumes qui se dressent bravement dans les champs. Il y en a aussi qui poussent sous la terre secrètement. Lui n'était ni courageux ni peureux ; c'était un légume douillet : dès qu'on le touchait un peu, il hurlait.

On raconte qu'un jour mon arrière-arrière-arrière-arrière-arrière-grand-père lui effleura légèrement le pied et qu'il l'entendit hurler aussitôt :

– Oh ! là là ! Ouille ouille ouille !
Aïe ! Aïe ! Aïe ! On me tue ! On m'as-
sassine ! Au secours !

Mon arrière-arrière-arrière-arrière-
arrière-grand-père lui expliqua qu'il
avait aperçu sa tige trop tard et
qu'en aucune façon il n'avait voulu
le heurter. Mais le légume, comme
s'il ne l'avait pas entendu, repartit
de plus belle :

– Aiiiiiiiiiiiie !

– Excusez-moi ! Je ne l'ai pas fait
exprès.

– Aiiiiiiiiiiiiiiiiiiiiiiiiiiie !

– S'il vous plaît ! Faut-il vous amener à l'hôpital des légumes ?

– Aiiiiiiiiiiiiiiiiiiiiiiiiiiiiiiiiiiiiiiie !

– Arrêtez de hurler et dites-moi
comment vous vous nommez. À l'hôpital, ils voudront certainement le
savoir.

– Ail.

– Encore ! fit mon arrière-arrière-
arrière-arrière-arrière-grand-père qui
commençait à se fatiguer d'entendre
le légume gémir.

– Ail, je m'appelle ail, dit l'ail. Ça ne se voit pas ?

– Non, mais ça s'entend ! lui dit mon arrière-arrière-arrière-arrière-arrière-grand-père.

– Ça se sent aussi, lui répondit l'ail.

LE POTIRON
FRIPON

C'est l'histoire d'une histoire qui ne peut pas commencer par « Il était une fois ». Cette histoire, en effet, n'est pas encore terminée. Elle se passe en ce moment, pendant que vous l'écoutez : c'est l'histoire du potiron de madame Simonot.

Ce matin, en faisant son marché, madame Simonot a perdu son potiron. Il a escaladé son grand sac, il a sauté et roulé droit devant lui. Et maintenant, elle le cherche, elle le cherche partout : près du café, devant le théâtre, chez le marchand de journaux, à côté du garage à vélos. Mais le potiron demeure introuvable. Aussi madame Simonot interroge-t-elle les passants :

– Pardon, messieurs dames, vous n'auriez pas vu un potiron qui roule à toute vitesse ?

– Nous n'aimons pas beaucoup les farces, madame.

– Ce n'est pas une farce, c'est mon dîner. Je n'ai rien acheté d'autre.

– Nous n'avons pas de temps à perdre, grognent les passants.

C'est terrible : personne ne la prend au sérieux et madame Simonot imagine le pire pour son potiron. Il risque de tomber à l'eau s'il passe sur un pont ! Ou de se faire écraser s'il traverse au feu vert ! Ou d'être arrêté dans le métro sans ticket ! Ou d'entrer au zoo et de se faire dévorer par les ours ! Il faut absolument le retrouver.

Mais après tout, il est peut-être près de chez vous. Soyez gentils, faites un petit effort, approchez-vous au moins de la fenêtre ! Regardez s'il n'y a pas des potirons qui passent. Vous reconnaîtrez le sien facilement : il est orange et rond.

Alors ? Vous avez vu quelque chose ? S'il vous plaît, dites-le vite à madame Simonot. Justement, elle vient d'arriver, complètement découragée, au pied de son immeuble, 518 bis, rue du Vermicelle. Vous pouvez même lui téléphoner, je vous confie son numéro : 00 00 00 00. Attendez seulement deux minutes : pour l'instant, elle monte encore les escaliers. Elle vient de dépasser le deuxième étage. Maintenant elle est au troisième. Enfin, la voilà qui arrive au quatrième étage, tout essoufflée. Elle s'essuie les pieds sur le paillasson, elle tourne la clef, elle entre et... Ça alors ! Elle n'en croit pas ses yeux ! Non ! Ce n'est pas possible ! Elle doit rêver ! Le potiron est déjà là, bien installé sur le ca-

napé, juste à côté du chat, en train
de regarder la télévision.

– Qu'est-ce que tu fais ici ? lui demande madame Simonot en le dévo-
rant des yeux. Moi qui te cherchais
partout ! Mais réponds, je ne vais
pas te manger ! Encore que… j'en ai
bien envie. Tu m'as trop fait courir.
Et j'ai faim ! Ah ! Fripon de potiron ! Sauter d'un sac à provisions !
Passer à travers les serrures ! Quand

je raconterai ce qui vient de se passer, les gens vont encore dire que j'invente des histoires. Je les entends déjà : « Mais oui, madame Simonot ! Bien sûr que nous vous croyons ! Nous avons même trouvé un début pour votre conte. Il commence par : Il était une fois. »

L'AUTEUR

FRANÇOIS DAVID

François David est né à Paris, mais il vit dans le Cotentin où il enseigne la littérature et le théâtre. Il adore se promener avec son chien, surtout sur le « Chemin des douaniers ». Pour écrire, il a besoin de regarder la mer. Ses trois enfants, Rémi, Dimitri et Annelise, lui ont donné envie d'inventer ses premiers contes. Il a publié plusieurs livres de nouvelles et de poèmes. Certains de ses contes ont fait l'objet d'un spectacle. Après avoir fondé une revue sur cassettes, il est devenu directeur littéraire d'une petite maison d'édition. Il aime créer des livres-objets extraordinaires : il a ainsi édité un livre dans une boîte d'allumettes, un livre-bouteille, un livre-miroir et même un livre-poupée russe.

L'ILLUSTRATRICE

SYLVIANE ALLOY

Née en 1955, Sylviane Alloy a suivi les cours de l'École nationale supérieure des arts et industries textiles à Roubaix et a appris la sculpture aux Beaux-Arts de Paris. Elle a travaillé dans un atelier de sérigraphie, une imprimerie et un studio de publicité. Mariée et mère de trois enfants, elle se consacre plus particulièrement à l'illustration depuis 1980.

COLLECTION
Cascade

COLLECTION
Cascade

COLLECTION

Cascade

Achevé d'imprimer en Mars 1995
sur les presses de l'Imprimerie Hérissey
à Évreux (Eure)
Dépôt légal : Mars 1995
N° d'édition : 2559
N° d'imprimeur : 68644